JN242581

さかさ町

F. エマーソン・アンドリュース 作
ルイス・スロボドキン 絵
小宮由 訳

岩波書店

わたしといっしょに
さかさ町へいった
フェリシティ・ラッセルへ

UPSIDE-DOWN TOWN

Text by F. Emerson Andrews
Illustrated by Louis Slobodkin

Illustration copyright © by Tamara Slobodkin

First published 1958 by Little, Brown & Company.

This Japanese edition published 2015
by Iwanami Shoten, Publishers, Tokyo.
Grateful acknowledgment is made to Mrs. Tamara Slobodkin for this publication.

もくじ

1　さかさ町《まち》

リッキーとアンは、もう何時間《なんじかん》も汽車《きしゃ》にのっていました。ふたりは、ランカスターにすむ、おじいちゃんの家《いえ》にむかっていたのです。

お兄《にい》ちゃんのリッキーは、妹《いもうと》のアンに、まどがわの席《せき》をゆずっていましたが、リッキーもじゅうぶん外《そと》をながめることができました。でも、見《み》えるけしきといえば、草原《そうげん》ばかり。たまに、家《いえ》や風車《ふうしゃ》やほそい木々《きぎ》がぱらぱらと、とおりすぎていくだけでした。

キキーッ！　とつぜん、汽車《きしゃ》が音《おと》をたてました。つづいて、ガタン！　とゆれたかとおもうと、汽車《きしゃ》はとまってしまいました。

ピカピカのボタンをつけた青《あお》い制服《せいふく》の車《しゃ》しょうさんが、あわてて汽車《きしゃ》をとびお

り、せんとうのほうへ足早《あしばや》に歩《ある》いていくのが見《み》えました。リッキーは、まどから身《み》をのりだして、外《そと》のようすを見《み》てみました。汽車《きしゃ》は、川《かわ》のてまえでとまっています。

すこしすると、車《しゃ》しょうさんがもどってきて、ふえをピーッ！ とならしました。汽車《きしゃ》が、ガタン！ とうごきだしました。

「お兄《にい》ちゃん」と、アンがいいました。「あたしたち、うしろむきにすすんでない？」

「ほんとだ。もどってる」リッキーも、外《そと》の木々《きぎ》が、うしろからまえにとおりすぎていくのを見《み》ていいました。「これじゃ、おじいちゃんちにつかないよ」

汽車《きしゃ》は、しばらくのあいだバックしつづけ、ようやく速度《そくど》をおとしていきました。どこかについたようです。

リッキーは、またまどにかけよって外《そと》を見《み》てみました。ここはおじいちゃんがまっている、ランカスター駅《えき》なのでしょうか？

汽車《きしゃ》は駅《えき》にはいっていきました。駅《えき》のかんばんが見《み》えます。どうやらランカスター駅《えき》ではなさそうです。

「お兄《にい》ちゃん、あれ、なんて書《か》いてあるの？」アンがかんばんを見《み》ていいました。

「わかんない。外国語《がいこくご》かな」

そこへ、さっきの車《しゃ》しょうさんがあらわれました。そして、乗車口《じょうしゃぐち》のとびらをひらくと、大声《おおごえ》でさけびました。

「さかさ町駅《まちえき》です！　みなさん、おりてくださーい！」

「あの文字《もじ》、なんて書《か》いてあるのかな？」と、リッキーがいいました。

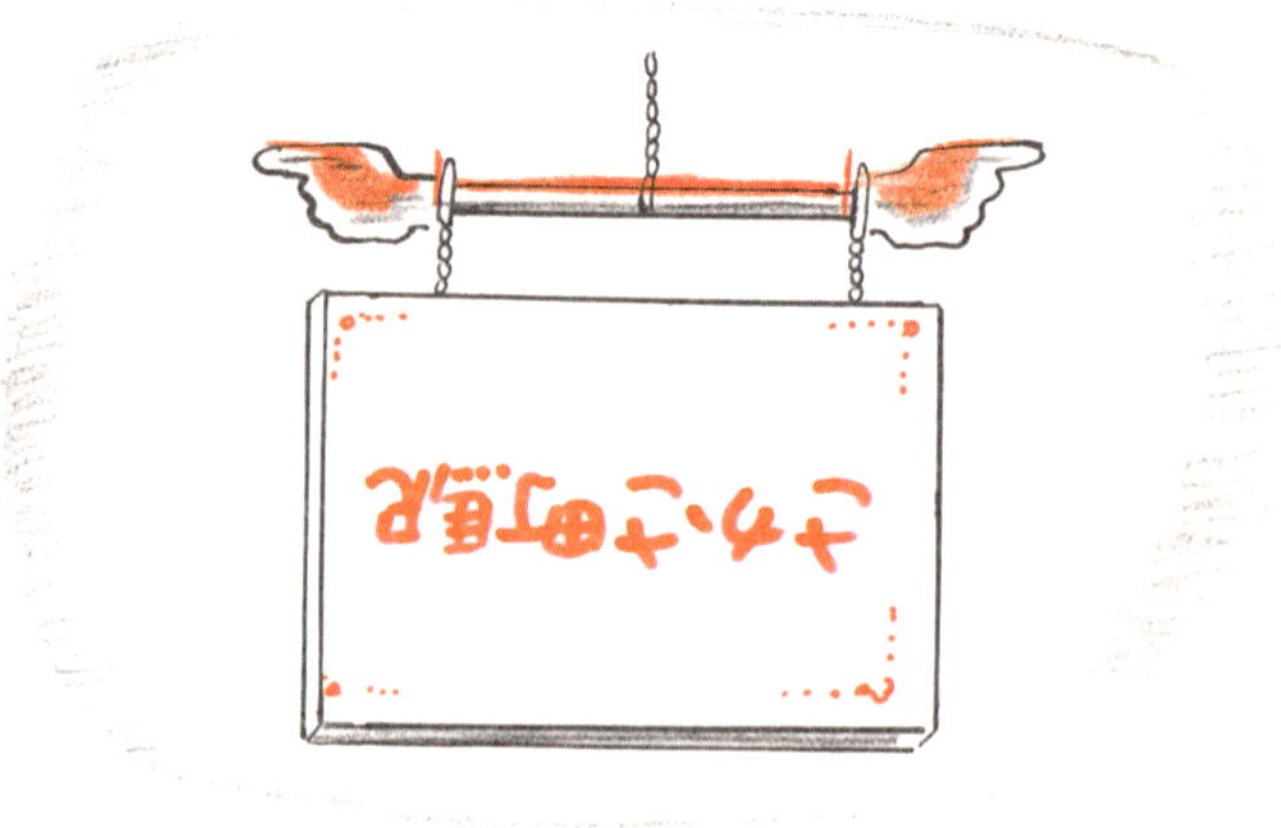

「ばかね、お兄《にい》ちゃん。いま、車《しゃ》しょうさんがいったじゃない。あたしたち、さかさ町《まち》駅《えき》についたのよ。ほら、あたし、わかった。こうやって頭《あたま》をかたむけてみて。ふつうに字《じ》がよめるわ。さかさまに書《か》いてある。だから、さかさ町《まち》なのよ」

お客《きゃく》さんたちは、みんな汽車《きしゃ》をおりていきました。

でも、リッキーとアンは、おりませんでした。パパに、ランカスター駅《えき》につくまでは席《せき》からはなれてはいけない、といわれていたからです。

ふたりは、じっとまちました。でも汽車《きしゃ》は、いっこうにうごきだすけはいがありません。しばらくすると、また車《しゃ》しょうさんがやってきて、ふたりを見《み》つけると、びっくりしていいました。

「まだのってたのかい？　さあ、みんなおりるんだよ」

「でも、パパが、おじいちゃんちがあるランカスター駅《えき》につくまでは、じっとすわってなさいっていったんです」と、リッキーがこたえました。

「ああ、そういうことか」と、車《しゃ》しょうさんはいって、にっこりほほえみました。「だがね、線路《せんろ》の事故《じこ》があったんだよ。このさきの橋《はし》の一部《いちぶ》が、こわれているのが見《み》つかってね。だから、近《ちか》くのさかさ町《まち》までもどったんだ。われわれは、橋《はし》がなおるまで、この町《まち》でまたねばならん。だが、しんぱいはいらないよ。わしら鉄道会社《てつどうがいしゃ》が、きみたちのおせわをするからね。おじいさんにはれんらくしておこう」

「橋《はし》がなおるのに、どれくらいかかるんですか？」と、アンがききました。

「わからん。だが、すくなくともあしたまではかかるだろう。しかしこれは、わしらのせきにんだ。だからきみたちは、いっさいお金《かね》はかからない。さ、おいで。ホテルまで案内《あんない》しよう。ほかのお客《きゃく》さんは、もういってるよ」

「やったぁ！　ぼく、まえにパパと、ホテルにとまったことがあるんだ。とってもたのしかったよ」と、リッキーがいいました。

車《しゃ》しょうさんは、ふたりが汽車《きしゃ》のステップをおりるのを手《て》つだってくれました。

「さ、ホテルはこっちだ」車《しゃ》しょうさん

はそういって、ふたりをつれて歩《ある》きだしました。

「われわれも、このさかさ町《まち》には、めったにこないんだ」と、車《しゃ》しょうさんはいいました。「この町《まち》にはルールがあってね、まず汽《き》車《しゃ》がさかさ町駅《まちえき》にはいるには、バックしながらでないといかん。なにもかもさかさまなんで、たまに頭《あたま》がこんがらがっちまう。ほら、この家《いえ》を見《み》てごらん」

三人《さんにん》は、一《いっ》けんの家《いえ》のまえをとおりすぎました。リッキーたちの町《まち》でも、よく見《み》かける平屋《ひらや》です。ところが、その家《いえ》は、地面《じめん》にひっくりかえったように建《た》っていて、みじかいスロープが屋根《やね》までのびていました。

ちょうどそのとき、一台《いちだい》の車《くるま》が、スロープをのぼっていきました。車《くるま》は屋根《やね》のうえでとまり、車《くるま》からおりた人《ひと》は、屋上《おくじょう》のゆかにあるとびらをあけて、家《いえ》のなかへはいっていきました。

「え？　あれ、なに？」と、リッキーがききました。「この町《まち》の人《ひと》たちは、地下《ちか》に車《くるま》をとめないで、屋根《やね》のうえにとめるの？」

「ここの人《ひと》たちがいうには、そのほうがべんりなんだそうだ」と、車《しゃ》しょうさんはいいました。「さむい日《ひ》なんかは、くだるほうが、発車《はっしゃ》しやすいらしい。それに屋根《やね》がたいらだから、ヘリコプターもとまれるそうだ。この町《まち》には、いま五《ご》、六人《ろくにん》、自家用《じかよう》ヘリコプターをもっている人《ひと》がいてね、一家《いっか》に一台《いちだい》、ヘリコプターをもつ日《ひ》がくるのは、そう遠《とお》くないんだと」

「車《くるま》のかたちもへんね」と、アンがいいました。「うしろをむいて走《はし》

ってるみたい」

「ああ、あれはアベコベ社製《しゃせい》の車《くるま》だ」と、車《しゃ》しょうさんはいいました。

「この町《まち》の車《くるま》はね、みんなアベコベ社《しゃ》がつくっているんだよ。アベコベ社《しゃ》は、この町《まち》でいちばん大《おお》きな会社《かいしゃ》なんだ。おもしろいかたちをしてるだろ？　エンジンをうしろにのせてるんだよ。これもまた、べんりらしくてな。まえになにもなけりゃ、運《うん》転《てん》がしやすいし、エンジンがタイヤのすぐうえにのっかってるから、エネルギーのこうりつがいいそうだ」

しばらく歩《ある》いていくと、三人《さんにん》は、大《おお》きな広場《ひろば》につきました。車《しゃ》しょうさんは、広場《ひろば》のさきにある、ひくい建物《たてもの》をゆびさしていいました。

「あれがホテルだ。きみたちのことをまっとるよ。すまんが、おくってやれるのは、ここまでだ。わしはこれから、たくさんの電報《でんぽう》をうたねばならんのでね」

2 ホテル

「あれ？　これ、なんて書《か》いてあるの？」アンが、建物《たてもの》のかんばんを見《み》ていいました。

「ホテルだよ。さかさまに書《か》いてあるって、アンがいったんだろ？」

リッキーは、さかさ町《まち》のルールにすこしずつなれてきました。

「見《み》はらしのいいへやに、とまれたらいいね。エレベーターで高《たか》い階《かい》までのぼってってさ。アンは、エレベーターにのったことある？」

「うん、パパの会社《かいしゃ》にいったときに。でも、見《み》はらしのいいへやはむりそうね。だってほら、このホテル、二階建《にかいだ》てだもの」

「ほんとだ。これ、ホテルなのかな？　ふつう、ホテルっていったら、大《おお》きくて、高《たか》い建物《たてもの》なんだけど」

ふたりは、入口《いりぐち》からはいっていきました。あたりを見《み》まわすと、ロビーのまんなかにベビーサークルがおいてあり、そのなかに、白《しろ》くて長《なが》いひげをはやしたおじいさんが、クッションにすわっていました。かたわらには本《ほん》がつんであり、おじいさんは、ベビーサークルについているおもちゃの玉《たま》をかぞえていました。リッキーたちがはいってきても、気《き》にもとめないようすでした。

ロビーのおくに、受付《うけつけ》がありました。受付《うけつけ》には、リッキーよりもすこし大《おお》きい男《おとこ》の子《こ》が、せの高《たか》いいすにこしかけていました。

リッキーは、わけがわからないといった顔《かお》で、アンの手《て》をひきながら、男《おとこ》の子《こ》のほうへいきました。

「受付《うけつけ》はここですか?」と、リッキーはたずねました。

「そうですよ」と、男《おとこ》の子《こ》はこたえました。「おまちしておりました。線路《せんろ》の事《じ》故《こ》で、たちおうじょうされたんですよね。鉄道会社《てつどうがいしゃ》から、すべてきいています」

「あ、あの……」と、アンがいいました。「なんであなたみたいな子《こ》どもがはたらいてて、おとながあんなところにすわって、あそんでるの?」

「ぼくは、チャーリーといいます」と、受付《うけつけ》の男《おとこ》の子《こ》はいいました。「では、ごせつめいしましょう。あのおじいさん、たのしそうでしょう?」

アンとリッキーが見《み》ると、おじいさんはこんどは本《ほん》をよんでいました。よっぽどおもしろい本《ほん》らしく、おじいさんはクスクスわらうたびに、長《なが》いひげを、しおりがわりにはさんでいました。

「このとおり、さかさ町《まち》では、子《こ》どもがはたらき、おとしよりはあそんでもいいことになっています」と、チャーリーがいいました。「あのおじいさんは、四《よん》十年間《じゅうねんかん》このホテルではたらいて、すっかりくたびれてしまいました。だからもう

やすんで、あそんだり、本《ほん》をよんだりしていいのです。そのおかげで、ぼくがはたらけるってわけです。たのしいですよ、はたらくって。さて、お名《な》まえは？」

「リッキーです」

「リッキー、きみもここにすわってみたい？　チーンとベルをならして、ベルボーイをよんだりするんです」

「うん、してみたい！」

「それとも、ぼくの兄《にい》さんみたいに警察官《けいさつかん》になるとか、妹《いもうと》みたいにパン屋《や》さんになるとか。それとも、クリーニング屋《や》さんはどうです？」

「たのしそうね！」と、アンもいいました。

「でしょう？　ぼくたち子《こ》どもにとったら、はたらくことは、どれもしんせんでたのしいし、おとしよりにとったら、つかれてるんだから、のんびりするのがあってるんです」

「ほんと、そうだね」と、リッキーはこたえました。「ぼく、なんだかさかさ町《まち》がすきになってきた」

「いい町《まち》ですよ、ここは。ただ、すべてのことが、さかさまだってことだけ、おぼえておいてくださいね」

「わかった!」と、アンとリッキーはいいました。

「はい。では、おへやに案内《あんない》するまえに、レストランへいって、なにかめしあがってください」

「ありがとう。ぼくは、いつだっておなかがぺこぺこなんだ」と、リッキーはいいました。

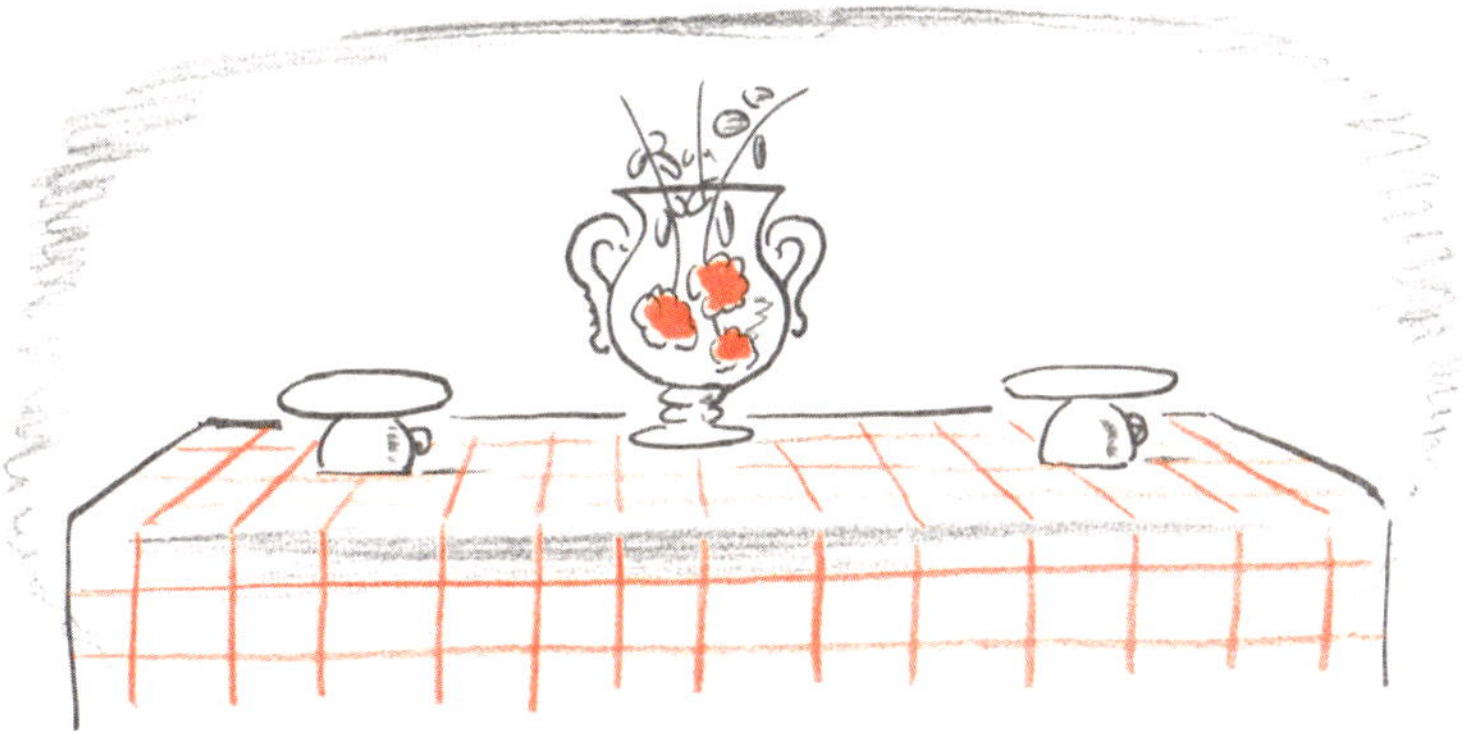

3 レストラン

リッキーはあたりを見《み》まわして、やっと、レストランという文字《もじ》がさかさまになっている、案内板《あんないばん》を見《み》つけました。

ふたりがそろってはいっていくと、よかった、おもったとおり。そこには、たくさんのいすとテーブルがならんでいました。そして、汽車《きしゃ》でいっしょだったお客《きゃく》さんたちが、ごはんを食《た》べていたのです。

そこへ、アンとおなじくらいの年《とし》の女《おんな》の子《こ》が、ふたりのほうへやってきました。

「あなたは、ウエイトレスさん？」と、アンがききました。

「そうです。わたしの名《な》まえは、フェリシティ。フリッキーってよんでね」と、その子《こ》はこたえました。

「ここは、ぜんぶさかさまだから、あなたがテーブルでまって、あたしたちが料理《りょうり》をはこぶのかしら？」

「そんなことありません」と、フリッキーはいいました。「ちゃんとわたしが、料理《りょうり》をはこびます。だって、おもしろいんだもん。なかでもいちばんおもしろいのは、さかさ町《まち》をしらない人《ひと》に、料理《りょうり》をはこぶことなの」

「なにかちがうの？」と、アンはききました。

「ちょっとね。まあ、すぐにわかるわ」

「とにかくおなかへったよ」と、リッキーがいいました。「すぐにわかるなら、いいじゃない。じゃあ、さっそくおねがいします」

「はい、かしこまりました。なにかとくに、食《た》べたいものはございますか？」

「とくべつなメニューがあるなら、ぜんぶ食《た》べてみたい。あたしもおなかぺこぺこ」と、アンもいいました。

「ぼくも。ぜんぶ大《おお》もりでください」と、リッキーがいいました。

「かしこまりました」と、フリッキーがいいました。「ではまず、本日《ほんじつ》のとくべつデザートをおもちしましょう」

「デザート？」リッキーは、びっくりしてききかえしました。「ぼくたちは、ちゃんとしたおかずが食《た》べたいんだよ。まだ、スープだってのんでないのに」

「スープもだしますよ」と、フリッキーはこたえました。「でも、さかさ町《まち》では、まずデザートからめしあがっていただきます。そのあいだに、あつあつのごちそうをつくりますからね」

フリッキーは、いったんさがって、それから大《おお》きなおぼんをもって、もどってきました。

おぼんには、白《しろ》いさとうごろもがかかった、レモンケーキのようなものがのっていて、フリッキーは、ひときれずつ、ふたりのまえにおきました。

「こちらが、本日《ほんじつ》のとくべつデザートでございます」と、フリッキーがいいました。

リッキーは、ひと口《くち》食《た》べてみました。それは、見《み》た目《め》どおりレモンケーキで、白《しろ》いさとうごろもも、あまい味《あじ》がしました。

「おいしい」と、リッキーはいいました。「でも、どこもかわったところはないね。ママも、よくこんなケーキつくってくれるよ」

「いいえ。このケーキがよそで食《た》べられるはずありません」と、フリッキーがいいました。「よく見《み》てください。ケーキをさかさまにして、おだししてるんですから」

たしかにケーキは、ひっくりかえっていました。

そういわれると、なんだかいつも食《た》べているケーキよりも、ちょっぴりおいしい気《き》がしました。

つぎにフリッキーは、肉料理《にくりょうり》はなにがいいですか、とたずねてきました。

「じゃあ、ラムチョップはありますか？」と、アンはききました。

「さかさ町《まち》では、ラムチョップはおだしできません。〈チョップラム〉ならご用意《ようい》できます」

そこでふたりは、それでもいいです、とこたえました。

するとまた、大《おお》きなおさらがでてきました。おさらには、こんがりやけたトーストがのった、こひつじの肉《にく》と、サヤエンドウとポテトがもりつけてあり

ました。

「おもったとおりだ！　ふつうのお店《みせ》なら、こひつじの肉《にく》は、トーストのうえにのっかってるけど、ここではさかさまなんだよ」と、リッキーがいいました。

「ただ、トーストにはバターがぬってあればよかったんだけどな」

アンが、フフフと、わらいだしました。

「頭《あたま》のいいお兄《にい》ちゃん。じぶんの指《ゆび》、見《み》てみなさいよ」

見《み》ると、リッキーの指《ゆび》は、べとべとでした。トーストにはバターがぬってあったのです。おもてではなく、うらがわに。

さいごに、フリッキーは、大《おお》きな深《ふか》ざらをはこんできました。それには、スープが半分《はんぶん》くらいよそってあり、フリッキーは、ふたりにだすまえに、ひとまぜ、ふたまぜ、かきまぜました。

「もうちょっと、かきまぜてください。まぜればまぜるほどおいしくなる、〈アベコベーコンスープ〉です」

ふたりはスープをのみおえると、フリッキーに、ごちそうさま、といいました。それから受付《うけつけ》にもどって、じぶんたちのへやをききにいくことにしました。きょう一日《いちにち》だけで、ずいぶんいろいろなことがあったので、ふたりは、もうくたくたでした。

4　501号室《ごうしつ》

リッキーとアンは、ホテルのロビーにもどりました。受《う》け付《つけ》のチャーリーが、へやのかぎを用意《ようい》してまっていました。

「おへやは、五階《ごかい》です」と、チャーリーがいいました。「ツインベッドの、かいてきなおへやですよ。へやの番号《ばんごう》は、501です」

「五階《ごかい》？」と、リッキーはいいました。「でも、さっき外《そと》から見《み》たら、このホテル、二階建《にかいだ》てでしたよ」

「うえはね」と、チャーリーはこたえました。「でもうちのホテルは、したに八階《はちかい》あるんです。ですから、あなたがたのおへやは、地下五階《ちかごかい》になります」

「地下《ちか》にとまるの？　お客《きゃく》さんはみんな、地面《じめん》のしたでやすめってこと？」アンが、ちょっとおこったちょうしでいいました。

「そのほうが、いいとおもいませんか？」と、チャーリーはいいました。「もしホテルが高《たか》い建物《たてもの》だったら、いつも危険《きけん》と、となりあわせですよ。風《かぜ》がふいたり、まどからおっこちたりしてね。それに通《とお》りを走《はし》る車《くるま》の音《おと》はうるさいし、街灯《がいとう》はまぶしいでしょう？　ですから地下《ちか》がいいんです。地下《ちか》はすずしいし、安全《あんぜん》だし、しずかです。もちろん、どのへやにもエアコンは完備《かんび》されています」

「いわれてみると、そうかも」と、リッキーはいいました。「でも、二階《にかい》はなににつかわれてるんですか？　ここのひとつうえの」

「倉庫《そうこ》です。あそこには、各階《かっかい》につながるシュートがついていて、シーツやまくらカバーなどをシュートにほうりこめば、だれかがいちいちはこばなくても、各階《かっかい》にとどくしくみになっています」

「頭《あたま》いいね!」と、リッキーはいいました。「よし、じゃあ、バッグをもってへやにいこう。もうつかれちゃった。エレベーターはどこですか?」

「あちらです」

エレベーターで地下五階《ちかごかい》までおりると、目《め》のまえにろうかが三方向《さんほうこう》にのびていました。まっすぐいくろうかと、右《みぎ》にいくろうかと、左《ひだり》にいくろうかです。

ふたりは、へや番号《ばんごう》をしめすやじるしを見《み》つけました。ところが、501号室《ごうしつ》をさすやじるしがふたつあって、ひとつはまっすぐ、もうひとつは左《ひだり》をさしていました。

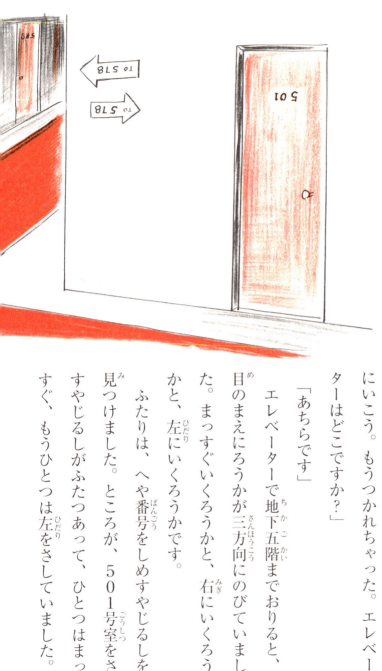

「ぼくたち、ついてるね。どっちからでもいけるんだよ。じゃあ、べつべつにいってみよう」と、リッキーがいいました。

そこで、リッキーは左《ひだり》のろうか、アンはまっすぐのろうかをすすみました。

アンは、ろうかのはしまでいってみましたが、５０１号室《ごうしつ》は見《み》つかりませんでした。そこで、エレベーターまでもどってみると、リッキーがまっていました。

「ろうかのはしまでいってみたけど、５０１号室《ごうしつ》はなかったよ。そっちだったんだね」と、リッキーはいいました。

「ううん、こっちにもなかったわ」

「そんな！」

アンは、いっしゅん、なきそうになりましたが、きゅうにわらいだしました。

「そっか！　あたしたち、ばかみたい！　ここはさかさ町《まち》だもの。このやじるしだって、さかさまなのよ」

ふたりが、やじるしのさしていない右《みぎ》のろうかにすすむと、いちばんさいしょのへやが、５０１号室《ごうしつ》でした。

ツインベッドのへやは、かいてきでした。つかれていたふたりは、すぐにパジャマに着《き》がえると、歯《は》をみがきました。

「外《そと》が見《み》えないから、いつおきたらいいか、わからないわね」と、アンがいいました。

リッキーは、まえにホテルにとまったとき、パパが受付《うけつけ》にモーニングコールをたのんでいたのをおもいだしました。そこでさっそく電話《でんわ》をして、七時《しちじ》におこしてくれるようにたのみました。

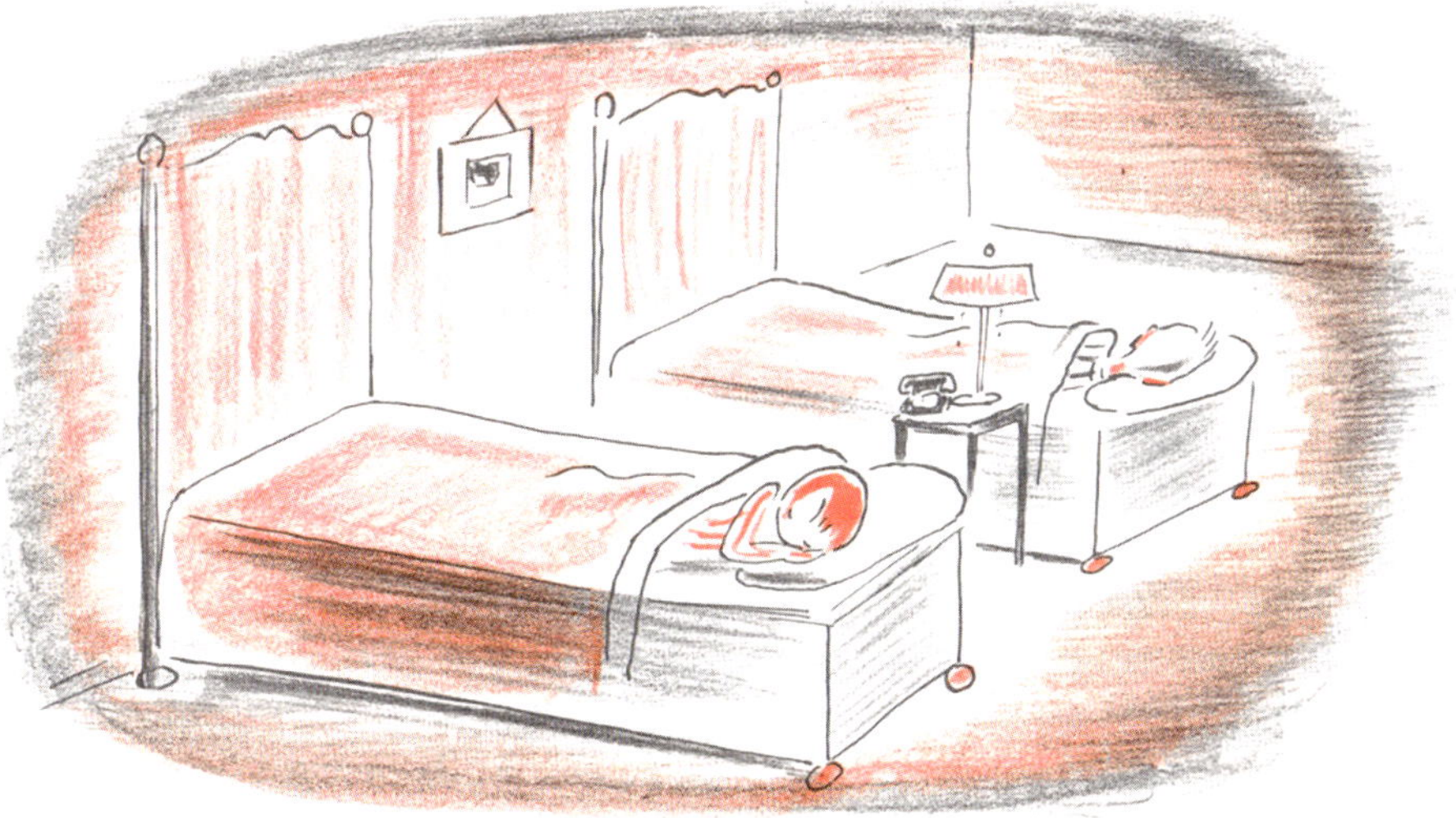

これで、ねるじゅんびができました。リッキーはスタンドのあかりをけし、ベッドにもぐりこもうとしました。

ところが、できなかったのです。ベッドにもぐりこもうにも、かけぶとんがマットレスのしたにおりこまれていて、はがせなかったのです。

「お兄《にい》ちゃん」くらやみのなかで、アンの声《こえ》がしました。「あたし、ベッドにはいれない」

「あ、そういうことか。じゃあ、足《あし》もとのほうにまわってごらん。いつもとさかさまにねるんだよ」

こうしてふたりは、やっとベッドにはいれました。よこになったとたん、ふたりはぐっすりねむってしまいました。

5 お医者《いしゃ》さん

リリーン！

リッキーとアンは目《め》をさましました。リッキーはスタンドのあかりをつけました。もちろんスタンドは、ベッドの足《あし》もとです。それから、電話《でんわ》の受話器《じゅわき》をとりました。

「もしもし？」

「七時《しちじ》ですよ」チャーリーの声《こえ》がしました。「どうです？　きょうは、さかさ町《まち》を観光《かんこう》してみませんか？」

「あ、うん。したい」リッキーは、ねぼけながらこたえました。「じゃあ、すぐ着《き》がえて、おりていく……じやなかった！　あがってくよ」

ふたりは着《き》がえてレストランへいき、おいしい朝《あさ》ごはんを食《た》べました。さいしょにでてきたのは、うらっかえしにされた目玉《めだま》やき、つぎにコーンフレーク、さいごにオレンジジュースでした。

それからロビーへいくと、チャーリーがまっていました。

「汽車《きしゃ》がうごきだすまで、たのしんでくださいね。どうします？　買《か》いものにでもいきますか？　それとも野球観戦《やきゅうかんせん》をするとか」

「お買《か》いもの！」と、アンがいいました。

「野球《やきゅう》が見《み》たい！」と、リッキーがいいました。

「どちらもできますよ。ただ、野球観戦《やきゅうかんせん》がさきのほうがいいでしょうね。〈としよリーグ〉は、朝《あさ》からやりますから。朝《あさ》のほうが空気《くうき》はしんせんだし、選手《せんしゅ》も元《げん》気《き》です」

「としよリーグ？　なにそれ？」と、リッキーがききました。

「おじいさんたちのやる野球《やきゅう》です。ルールもふつうの野球《やきゅう》とは、ちょっとちがいます。んー、ぼくが案内《あんない》できればいいんですけど……」

すると、きのうベビーサークルにいたおじいさんが、やってきました。

「わしの名《な》は、ドレーク。としよリーグにでるには、ちと年《とし》をとりすぎたんでね、いまはバットボーイをやっておる。きょう、うちのチームの試合《しあい》はないから、わしがおまえさんがたをつれていってやろう」

こうして三人《さんにん》は、でかけました。ところが、しばらくすると、きゅうにアンがたちどまり、おなかをおさえました。

「お兄《にい》ちゃん、あたし、おなかがいたい。なにかへんなもの食《た》べたかな……」

「ほお、だいじょうぶかね？」と、ドレークさんがいいました。「おまえさんがたは、さかさまになったケーキを食《た》べなれておらんからのぉ。それか、なれない土地《とち》だ、気分的《きぶんてき》なことかもしれん。どれ、医者《いしゃ》にみてもらおう。なあに、すぐなおる」

「でも、そしたら、お兄《にい》ちゃんが野球《やきゅう》を見《み》られなくなっちゃうわ」と、アンはいいました。

「しんぱいごむよう。ほれ、見《み》てごらん。病院《びょういん》は、通《とお》りをわたってすぐじゃ」と、ドレークさんがいいました。

「そうだよ、病院《びょういん》にいったほうがいいよ」と、リッキーはいいました。

「でも、病院《びょういん》って、何時間《なんじかん》もまたされますよね……。ママといったときも、そうだった」

「それはごかいじゃ」と、ドレー

クさんがいいました。

「さかさ町《まち》の病院《びょういん》では、まつのはこっちじゃない、医者《いしゃ》じゃ。医者《いしゃ》が患者《かんじゃ》をまつんじゃよ」

ドレークさんが、ふたりをつれて、病院《びょういん》へはいっていくと、そこは、ひろいへやになっていて、たくさんのつくえがならんでいました。つくえには、それぞれ白衣《はくい》を着《き》たお医者《いしゃ》さんがつき、ひまそうに雑誌《ざっし》をよんでいました。

アンは、お医者《いしゃ》さんのうしろのかべに、プレートがさがっているのに気《き》づきました。

左《ひだり》のほうのお医者《いしゃ》さんのところには、こう書《か》いてありました。

ドクター・パッチ
捻挫《ねんざ》、骨折《こっせつ》専門《せんもん》

そのとなりのお医者《いしゃ》さんのには、
こう書《か》いてありました。

ドクター・コフマン
風邪《かぜ》、熱《ねつ》、鼻水《はなみず》専門《せんもん》

そのまたとなりは、こうでした。

ドクター・エーカーズ
腹痛《ふくつう》、食《しょく》あたり専門《せんもん》

アンは、エーカーズ先生《せんせい》のところへいってたずねました。
「すみません。おなかがいたいんですけど、みてもらえますか?」

「もちろん」と、エーカーズ先生《せんせい》はいいました。「ついておいで。お兄《にい》さんもきていいよ」

リッキーとアンは、先生《せんせい》のあとについて、みじかいろうかをすすみ、小《ちい》さなへやにとおされました。へやには、つくえと患者用《かんじゃよう》のいすがふたつ、それから、車《くるま》のついた診察台《しんさつだい》がありました。

「どれ、口《くち》をあけて、べエーってしてごらん」と、エーカーズ先生《せんせい》はいいました。

エーカーズ先生《せんせい》は、アンの口《くち》のなかを見《み》ると、すぐに小《ちい》さな冷蔵庫《れいぞうこ》をあけて、なかから、茶色《ちゃいろ》くてまるいものがのった小《こ》ざらをとりだしました。それをスプーンといっしょにアンにわたすと、うで時計《どけい》を見《み》つめました。

「……三《さん》、二《に》、一《いち》、はい、食《た》べて！」とつぜんエーカーズ先生《せんせい》がいいました。

アンは食《た》べました。それはなんと、チョコレートのアイスクリームでした！

「体温《たいおん》をはかってるんだよ」と、エーカーズ先生《せんせい》はいいました。「体温計《たいおんけい》を口《くち》にくわえるより、ずっといいだろう？　もし熱《ねつ》があれば、口《くち》のなかのアイスクリームはすぐにとけてしまうから、食《た》べおわるのもはやいんだ」

アンがよろこんで熱《ねつ》をはかっているあいだ、リッキーは、不安《ふあん》そうにききました。

「エーカーズ先生《せんせい》、おつたえしたいことがあるんですけど……。ぼくたち、ほんとうは、おじいちゃんの家《いえ》へいく予定《よてい》だったんです。だけど線路《せんろ》の事故《じこ》で、この町《まち》にいることになって。だから、お金《かね》をもってないんです。あ、でもさいごにいくらかかったかおしえてくれれば、家《いえ》にかえったあと、パパがはらってくれるとおもいます」

「お金《かね》？」と、エーカーズ先生《せんせい》はいいました。「そんなものはいらないよ。さかさ町《まち》ではね、健康《けんこう》な人《ひと》が、医者《いしゃ》にお金《かね》をはらうんだよ。それで、もし病気《びょうき》にかかったら、お金《かね》をはらわなくてもよくなるんだ。だって病気《びょうき》になったら、なおるまではたらくことができないんだから、お金《かね》なんてはらえないだろう？　そうおも

A
B C D
Z X Y

わないかい?」

アンが、ちょうどアイスクリームを食《た》べおえました。エーカーズ先生《せんせい》は、ぱっと、うで時計《どけい》を見《み》ました。

「三分四十一秒《さんぷんよんじゅういちびょう》。食《た》べるのに、ちょっと時間《じかん》がかかったね。うん、熱《ねつ》はなさそうだ。腹痛《ふくつう》の原因《げんいん》は、食《た》べすぎじゃないかな? こうふんすると、つい食《た》べすぎちゃうからね。それにきみは、ぎゃくの順番《じゅんばん》で食事《しょくじ》するのにもなれてないだろう? それもあるかもしれない。よし、すぐにきく、くすりをだしてあげよう」

エーカーズ先生《せんせい》はそういうと、戸《と》だなへいって、ピンクのくすりがはいったビンをもってくると、ひとつぶとりだしました。

「さ、これをのんでごらん。よくなるよ」

アンは、いやそうな顔《かお》をしました。

「あたし、おくすりきらい」

「だいじょうぶ、口《くち》にいれてごらん。きっとびっくりするから」と、エーカー

ズ先生《せんせい》はいいました。

　アンは、ピンクのくすりを口《くち》のなかにいれました。すると、とたんに、にっこりしました。

　アンは、くすりを舌《した》のうえでころころころがし、長《なが》いあいだなめつづけました。そして、とけてなくなりそうになってから、ようやくのみこみました。

「ああ、おいしかったー。キャンディーよりも、ずっと。こんなおいしいもの、はじめて！」

「だろう？」と、エーカーズ

先生《せんせい》はいいました。「だって、くすりは病気《びょうき》の人《ひと》をよくするためのもの。だから、おいしくなくちゃ」

「ああ、あたし、この町《まち》にすむんだったら、ずっと病気《びょうき》でいたいわ。そしたら、このおくすりが毎日《まいにち》のめるもの」と、アンはいいました。

「ところが、そうはいかないんだ」と、エーカーズ先生《せんせい》はいいました。「このくすりがのめるのは、さいしょだけ。これをのんでもなおらなければ、ちがうくすりになるんだよ。どんな病気《びょうき》のくすりも、いちばんさいしょのは、とびきりおいしい。でも、つぎのくすりはまあまあおいしくて、それでなおらなければ、くすりはだんだんまずくなる。そして、さいごのくすりは、まあそりゃ、とってもにがい。病気《びょうき》の人《ひと》は、そんなくすりをのみたくないから、あっというまに、なおってしまうんだ」

「へえ」と、アンはいいました。「うん。あたし、もうよくなったみたい。ありがとうございました」

「もし、まだすっきりしないなら、つぎのくすりをだすけど？」

「いいえ、けっこうです」アンは、ていねいにいいました。「あたし、さっきのおくすりの味《あじ》をわすれたくないの」

診察室《しんさつしつ》をでると、ドレークさんがまっていました。そうして三人《さんにん》は、ふたたび野球場《やきゅうじょう》へむかいました。

6　としよリーグ

病院《びょういん》からすこし歩《ある》くと、すぐに野球場《やきゅうじょう》につきました。グランドには選手《せんしゅ》がいて、試合《しあい》は、もうはじまっているようです。観客席《かんきゃくせき》には、たくさんの子《こ》どもたちがすわっていて、じぶんたちのおじいさんをおうえんしていました。

運《うん》のいいことに、三人《さんにん》がついたとき、教科書《きょうかしょ》をわきにかかえた子《こ》どもたちが、席《せき》からたちあがってでていったので、リッキーたちは、すわって見《み》ることができました。

試合《しあい》は、見《み》たところふつうとかわりませんでした。ちがうところといえば、どの選手《せんしゅ》も、ぼうしから白髪《しらが》が見《み》えていることぐらいです。コーチのなかには、ぼうしをかぶっていない人《ひと》もいて、その人《ひと》の頭《あたま》はつるつるで、朝日《あさひ》にかがやいていました。

ランナーはふたりいて、ゲームは七回《ななかい》、スコアは3対《たい》3の同点《どうてん》でした。バッターは、一球目《いっきゅうめ》を見《み》おくりました。

「ストライク、ワン！」と、審判《しんぱん》がいいました。

バッターは、つぎの球《たま》をいきおいよくふりました。

カキーン！　ボールは、いきおいよくとんでいきました。このぶんだと、レフトの頭《あたま》をこえそうです。ところが、どうしたこと！　バッターも、ランナーも走《はし》りだしません！

リッキーは、いつも家《いえ》のテレビで野球《やきゅう》を見《み》ているときのように、たちあがってさけびました。

「走《はし》れ！　ホームにつっこめ！」

するとまわりの観客《かんきゃく》が、リッキーをじろじろと見《み》つめました。

球《たま》は、おもったとおりレフトの頭《あたま》をこえ、フェンスのところまでころがっていきました。でも、どういうわけか、ランナーたちは、まったくうごかないのです。

「アウトー！」そのとき、審判《しんぱん》がさけびました。

バッターは、にかっとわらって、ベンチにさがっていきました。そして、ベンチにこしかけると、ほかの選手《せんしゅ》が、よくやったというように、バッターのせなかをポンポンとたたきました。

「え？　どうしてアウトなの？」と、リッキーはたずねました。「どう見《み》てもヒットなのに！」

「としよリーグでは、

ちと、ちがうんじゃ」と、ドレークさんはいいました。「もし、バッターにヒットがうてる技術《ぎじゅつ》と力《ちから》があるならば、走《はし》るひつようはない、とわしらはかんがえておる。そして、アウトになることは、わしらにとって名誉《めいよ》なことであり、しばらくベンチにすわっていてもいい、ということでもあるんじゃ」

「たしかに、そのほうがらくね。あたしはすきよ」と、アンがいいました。

「じゃあ、だれが走《はし》って、どうやったらゲームに勝《か》てるの？」

「おお、すまん。だいじなことをいうのをわすれておった。としよリーグでは、ランナーが走《はし》らなかったほう、つまり、点《てん》がすくないチームが勝《か》ちなんじゃ」

つぎのバッターが、ツーストライクになりました。そして、三球目《さんきゅうめ》の球《たま》をたかくうちあげてしまい、野手《やしゅ》がらくらくキャッチしました。ところが、審判《しんぱん》はなにもいいません。バッターも、バットをもったままです。

「ああいうフライや、内野《ないや》ゴロ、ファウルなんかは、なにもカウントされん。ヒットをうってアウトになるか、もしくは……」

「かっとばせ！」とつぜん、まえの席《せき》の男《おとこ》の子《こ》がさけびました。「おじいちゃん、かっとばせー！」

四球目《よんきゅうめ》は、きれいなストライクがはいりました。

「ストライク、スリー！　バッター、セーフ！」と審判《しんぱん》がさけびました。

バッターは、くやしそうにバットを地面《じめん》にたたきつけると、トボトボと三塁《さんるい》へむかいました。すると、三塁《さんるい》ランナーは二塁《にるい》へ、二塁《にるい》ランナーは一塁《いちるい》へとすすみました。

「見《み》たかい？　三振《さんしん》すると、ばっとして、塁《るい》にでなくてはならんのだ。さ、おもしろくなってきた、満塁《まんるい》だ。つぎのアンティークチームのバッターは、これまたうてないやつなんだ！」

つぎのバッターは、いくつかの内野《ないや》ゴロとファウルをうったあと、ついに三振《さんしん》になってしまいました。すると観客《かんきゃく》がたちあがり、歓声《かんせい》をあげました。ランナーがひとり、おしだされて、しぶしぶホームベースをふみました。

「このチーム、アンティークは、いま、としよリーグの首位《しゅい》を走《はし》っとるんだが、きょうはきっと負《ま》けじゃわい。よしよし！」

その回《かい》がおわるまで、もうひとり、ランナーがホームにかえりました。リッキーは、だんだん新《あたら》しいルールになれてきて、みんなとおなじように、おうえんできるようになりました。

あいてチーム、シックスティーズのつぎの攻撃《こうげき》は、つづけざまに三本《さんぼん》のヒットがでて、０点《てん》のまま、あっというまにおわりました。

「ねえ、あたし、お買《か》いものにいきたい」と、アンがいいました。

「ぼくは、まだ見《み》たいな。つぎの回《かい》まで見《み》ていこうよ」と、リッキーはいいました。「どうせ買《か》いものにいったって、ぼくたち、お金《かね》をもってないだろ？」

「金《かね》をもっとらんのか？」ドレークさんがはなしにわりこんできました。「ならば、買《か》いものにいくべきじゃ。どれ、わしがさかさ町《まち》のショッピングセンターへ案内《あんない》してやろう」

7 さかさ小学校《しょうがっこう》

　ショッピングセンターへいくとちゅう、アンとリッキーは、とても大《おお》きな運動場《うんどうじょう》と、そのわきにある小《ちい》さな建物《たてもの》を見《み》つけました。

「あれって、学校《がっこう》？」と、アンがたずねました。

「そうじゃよ」ドレークさんは、こたえました。

「あれは、さかさ小学校《しょうがっこう》だ」

「見《み》ていっちゃだめ？　きっと、いろいろとさかさまなんでしょうね」

「もちろん、いいとも。わしらには、たっぷり時《じ》間《かん》があるからな」

「でも、学校《がっこう》はやすみじゃない？　たしか、きょうは土曜日《どようび》だよ」と、リッキーがいいました。

「土曜《どよう》だからこそ、やっとるんじゃ。いまごろ授業《じゅぎょう》のまっさいちゅうだろう。さっき、わしらが野球場《やきゅうじょう》についたとき、かえっていった子《こ》どもらがおったろう？あれがここの生徒《せいと》じゃよ」

「この町《まち》の子《こ》たちって、おやすみの日《ひ》にも学校《がっこう》へいかなくちゃならないの？」と、アンがききました。

「わしは、いかなくちゃならん、とはいっとらんぞ。それに、やすみの日《ひ》にも、いともいっとらん。じっさいはこうじゃ。

この町《まち》ではな、とてもいい子《こ》だけが学校《がっこう》にいけて、それもいくのは休日《きゅうじつ》だけじゃ。平日《へいじつ》は、どの子《こ》もたのしんではたらいておるから、学校《がっこう》へいくひまなどないからな。子《こ》どもたちは、いちにんまえのしごとをすることで、社会《しゃかい》でたいせつなことをじゅうぶん学《まな》ぶ。だから、学校《がっこう》へいくひつようはないんじゃよ」
三人《さんにん》は、学校《がっこう》の入口《いりぐち》につきました。入口《いりぐち》のとびらには、かんぬきがかかっていました。

「学校《がっこう》へいきたがる子《こ》どもが、こっそりはいってこないように、しめてあるんじゃよ」と、ドレークさんはいいました。

なかにはいると、長《なが》いろうかがあって、りょうがわに、いくつものとびらがありました。三人《さんにん》は、さいしょの教室《きょうしつ》にはいりました。

教室《きょうしつ》のなかは、見《み》たところ、ふつうとかわりませんでした。つくえが二十《にじっ》こくらいならんでいて、いちばんまえには、先生用《せんせいよう》の大《おお》きなつくえがありました。ただ、黒板《こくばん》はりょうがわのかべにあって、まどはありませんでした。それに生徒《せいと》のつくえには、大《おお》きなりんごがひとつずつのっていました。先生《せんせい》は、赤《あか》ら顔《がお》で白《しろ》いひげをはやした太《ふと》った男《おとこ》の人《ひと》でした。

「見《み》て。あの先生《せんせい》、まるでサンタクロースみたい」と、アンがささやきました。

「ほんとだ」と、リッキーもいいました。「きっと、クリスマスまではまだ時間《じかん》があるから、ここで先生《せんせい》をしてるんじゃないかな」

そのとき、先生《せんせい》がいすからたちあがって、リッキーたちのほうへやってきました。

「これはこれは、どうやら、お客《きゃく》さんのようですな」先生《せんせい》は、あかるい声《こえ》でいいました。「わたしの名《な》は、クロース。なにかごようかな?」

「ごめんなさい。おじゃまして」リッキーは、ていねいにいいました。「ぼくたち、さかさ町《まち》の学校《がっこう》は、やっぱりふつうとはちがうのかなっておもって、見《み》てみたくなったんです」

「よろしい」クロース先生《せんせい》は、いいました。「わが校《こう》は、教育面《きょういくめん》でほかにないとりくみをしている。とってもたのしい授業《じゅぎょう》だ」

「生徒《せいと》はみんな、先生《せんせい》のことがすきなんでしょうね」と、アンがはずかしそうにいいました。「だって先生《せんせい》は、やすみ時間《じかん》に、こんないっぱいりんごをもらうんだもの」

「ああ、これかい？」クロース先生《せんせい》は、わらいました。「これは、たったいま、わたしが生徒《せいと》にくばったんだよ。わが校《こう》では、先生《せんせい》が生徒《せいと》にプレゼントをくばるんだ。先生《せんせい》からもらえたら、うれしいだろう？　うれしくて先生《せんせい》がすきになって、べんきょうもすきになる。きょうのプレゼントは、りんごというわけさ」

「べんきょうは、ぼくたちとおなじようにするんですか?」と、リッキーはききました。「ここはいろいろとさかさまだから、ちがうのかな?」

「たしかに、いろいろとちがうところがある」と、クロース先生《せんせい》はいいました。

「たとえば、歴史《れきし》。おまえさんがたは、むかしの時代《じだい》から学《まな》びはじめて、だんだんと現代《げんだい》に近《ちか》づいていくだろう?」

「ええ。ふつう、そうでしょ? ほかにどうするんですか?」と、リッキーはききました。

「もちろん、さかさまだ。わたしたちは、まずはここ、現代《げんだい》のさかさ町《まち》のことから学《まな》びはじめる。そして、わたしたちの先祖《せんぞ》はどうやってここにきたのか、過去《かこ》になにがあったのか、ということをかんがえてから、じょじょに時代《じだい》をさかのぼり、コロンブスがアメリカ大陸《たいりく》を発見《はっけん》したことを学《まな》び、なぜコロンブスが新大陸《しんたいりく》発見《はっけん》の旅《たび》にでたのか、そして、おもにわたしたちの祖先《そせん》であるヨーロッパでは、どんなことがおこっていたのかを学《まな》ぶんだ」

「ぼくたちとは、まるでぎゃくですね」

「そう。そのほうが、ずっとかしこくなれる。まず、いまのじぶんたちのくらしを学《まな》ばずして、見《み》たこともない遠《とお》い時代《じだい》のことが頭《あたま》にはいるとおもうかね？　おまえさんたちの学《まな》びかたは、ばかげてる。それに学《まな》んでいるときに、おどろきがない。すべてにおいて、どうしてそうなったのかを、さきに知《し》ってしまっているのだからな」

すると、アンが指《ゆび》で耳《みみ》のあなを

ふさいでさけびました。

「おねがい、やめて！　あたし、まだ歴史《れきし》のことなんかわかんない。頭《あたま》がこんがらがっちゃう。なにかほかに、あたしでもわかるようなことで、ちがいをおしえてくれませんか？」

「それなら、ちょうどいい」クロース先生《せんせい》は、いいました。「いま、わたしたちは、〈わすれよ科《か》〉という、わすれるための授業《じゅぎょう》をやっていたところなんだ。わすれよ科《か》には、初級《しょきゅう》と上級《じょうきゅう》があってね、きょうは初級《しょきゅう》の授業《じゅぎょう》なんだよ」

8　わすれよ科《か》

「わすれることを、べんきょうするんですか？」と、アンがききました。「学校《がっこう》って、なにかをおぼえにくるところでしょう？」

「まあ、ふつうの人《ひと》にはね」と、クロース先生《せんせい》はいいました。「だが、わすれるということは、教育《きょういく》上《じょう》、とてもだいじなことなんだよ。

たとえば、きみがいくらべんきょうしたって、しょうらい、なにかいやな目《め》にあうかもしれない。そんなとき、きみがそのことをずっとわすれられなかったら、どうなってしまうとおもう？　かんがえてごらん。もし、わたしたちが、人《ひと》からされたいやなことをわすれることができたら、世《よ》のなかの口《くち》げんかや争《あらそ》いがいかにすくなくなるか。じぶんがそのことに気《き》がつけば、ほかの人《ひと》にも気《き》づかせることができる。そう、わすれるということは気《き》づきだ、といってもいい。わかりやすくせつめいしようか。きみの名《な》まえは？」

「アンです」

「では、アン。このかべにかかった黒板《こくばん》は、これだけでは、なんの役《やく》にもたたないね？　では、なにがあったら役《やく》にたつかな？」

アンは、黒板《こくばん》のみぞに、白《しろ》と赤《あか》と黄《き》色《いろ》のチョークを見《み》つけました。

「わかった！　チョークね」

「そのとおり。チョークがあれば、黒板《こくばん》はとても役《やく》にたつ。でも、チョークだけじゃない。ほかにはなにがあるかな？」

アンは、あっちこっち見《み》まわしました。リッキーも見《み》まわしていいました。

「ぼく、わかった！」

「ちょっとまっててごらん。わたしは、アンにじぶんで見《み》つけてほしいんだ」

と、クロース先生《せんせい》はいいました。

すると、やっとアンがいいました。

「黒板消《こくばんけ》し？」

「そのとおり！」クロース先生《せんせい》は、うれしそうにいいました。「チョークで字《じ》が書《か》かれっぱなしの黒板《こくばん》は、いつか書《か》けるばしょがなくなってしまう。そんなとき黒板消《こくばんけ》しがあれば、黒板《こくばん》にまた字《じ》が書《か》けるようになる。すなわち黒板《こくばん》は、黒板消《こくばんけ》しによって字《じ》をわすれることができる、というわけだ。わかったかな？」

「うーん、まだちょっとわかんないな」と、リッキーがいいました。「なにかを消《け》すってことはわかるんだけど……」

「うむ。わすれることを学《まな》ばんかぎり、そこは大《おお》きなかべかもしれん」

「どうすればいいですか？」

「そうだな。じゃあ、きみの名《な》まえは？」

「リッキーです」

「よし、リッキー。きみは、ローラースケートはするかい？」

「ときどき。まえにいちど、ころんでけがしたから、ちょっとこわくなっちゃって」

「ふむ。もし、きみがころんだことなんかわすれて、ずっとローラースケートをつづけていたら、いまごろ、ずいぶんうまくなっていただろうね。もし、しっぱいをわすれて、まえむきになれたら、いまよりもっとしあわせになれるとおもわないかい？　かなしいかな、このわすれよ科《か》は、ふつうの学校《がっこう》では、おしえてくれないんだ」

「あたし、わすれるのがだいじって、わかった気《き》がする」と、アンがいいました。「でも、もうあんまり授業《じゅぎょう》のじゃましたらいけないとおもうの。ちょっと授《じゅ》業《ぎょう》を見《み》ててもいいですか？」

「もちろん。それがいちばんだろう」クロース先生《せんせい》はそういって、生徒《せいと》たちのほうへふりかえりました。

「では、ジョン。きみはだれかのわる口《くち》をいいたくなったらどうするね？」

「わる口《くち》をいいたくなることは、さいきんはずっとなかったです。でも、一週《いっしゅう》間《かん》ぐらいまえに一回《いっかい》だけあって、ちょっといいかけちゃったけど、そのとき、そんな気《き》もちはわすれようっておもって、わる口《くち》をいうのをとちゅうでやめました」

「すばらしい、ジョン。きっと来週《らいしゅう》は、わる口《くち》をいいかけることもなくなるだろう。そしたら、きみは花《はな》マルの0点《てん》だ。じゃあ、つぎはドロシー」

すると、三列目《さんれつめ》にすわっていた、太《ふと》った女《おんな》の子《こ》がたちあがって、席《せき》のわきにたちました。

「ドロシー、きみは先週《せんしゅう》、ごはんを食《た》べるまえに、キャンディーをなめるのをわすれてたかな？」

「はい、先生《せんせい》」ドロシーは、ほこらしくいいました。「一週間《いっしゅうかん》、まったくわすれてました」

「そしたら、体重《たいじゅう》はどうなったかな？」

「一《いち》キロやせました」

「みんな、わかったかい？　わすれるってことが、いかにすばらしいか。今週《こんしゅう》、ドロシーは花《はな》マルの０点《てん》だ。さ、きょうはさいごに、７の歌《うた》をうたおう。

さん、はい！」

子《こ》どもたちは、声《こえ》をあわせてうたいはじめました。

「7＋5《たす》は、11じゃない。

まちがいなんだ、わすれよう。

7＋《たす》5は、13でもない。

まちがいなんだ、わすれよう」

「7は、子《こ》どもたちにとって、いちばんまちがえやすい数字《すうじ》だ」と、クロース先生《せんせい》はいいました。「だからうたって、まちがいをおぼえてしまおうというこころみなんだよ。まちがいをおぼえてしまえば、正《ただ》しいこたえしか、のこらないからね」

「あたし、また頭《あたま》がこんがらがってきちゃった」アンがこまった顔《かお》でいいました。

「ふむ。この歌《うた》は、しっぱいだったかな?」クロース先生《せんせい》は、ちょっと顔《かお》を赤《あか》らめていいました。「歌《うた》でまちがいをおぼえさせるなら、もっと、たんじゅんなことにしたほうがよかったかもしれないね。教会《きょうかい》の牧師《ぼくし》さんのはなしはすぐにわすれようとか、信号《しんごう》は赤《あか》でわたることをわすれようとかな」

「わすれよ科《か》には、上級《じょうきゅう》もあるっていってましたけど、上級《じょうきゅう》ではどんなことをするんですか?」と、リッキーがききました。

「いいしつもんだ。うけてみたいかい?」

「ええ! いつやるんですか?」

するとクロース先生《せんせい》は、白《しろ》いあごひげをなでながら、小首《こくび》をかしげました。

「んー、そのクラスは、わたしがおしえてるんだが……。どのクラスで、何時《なんじ》間目《かんめ》だったかな？　すまん、わすれてしまったよ」

9　アンストアー

ふたりは、クロース先生《せんせい》におれいをいって、あく手《しゅ》をすると、ドレークさんと、ふたたびショッピングセンターへむかいました。

「大《おお》きなショッピングセンターだぞ」と、ドレークさんがいいました。「〈アンストアー〉にいくんじゃ」

「アンストアー？　ストアーじゃなくって？」

「そう、アンストアー。見《み》ためは、ふつうのストアーだが、この町《まち》では、ストアーのはんたい、アンストアーとよんでおる。

ストアーという単語《たんご》は、〈お店《みせ》〉という意味《いみ》だが、どうじに〈ものをためておく〉という意味《いみ》もあるんじゃ。だが、はたしてお店《みせ》は、ものをためておきたいのかな？　はんたいじゃ。売《う》って〈ものをだしたい〉と、おもっとる。だからこの町《まち》の店《みせ》は、ストアーのぎゃく、アンストアーとよぶんじゃ。アンストアーでは、ほしいものが、すぐに手《て》にはいるぞ」

アンとリッキーは、通《とお》りをわたり、アンストアーにはいっていきました。ドレークさんは、ふたりとわかれ、ホテルへむかいました。汽車《きしゃ》がうごきだしたときのために、ふたりのいばしょを、チャーリーにつたえにいってくれたのです。

アンストアーは、大《おお》きなデパートのようでした。たなには、いろいろなものがならんでいて、あっちこっちに、したのようなはり紙《がみ》がしてありました。

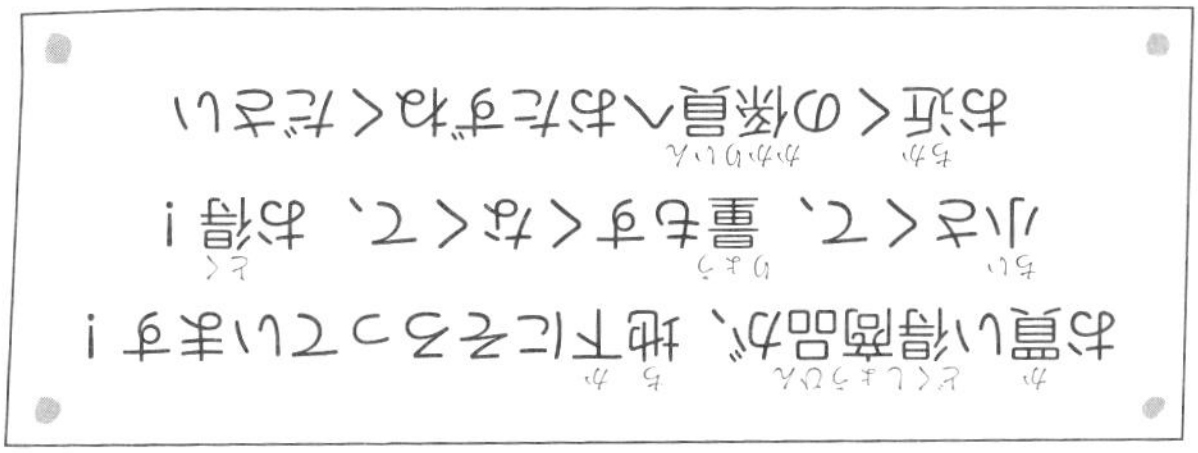

「アンは、にんぎょうが見《み》たいんだろ？」と、リッキーがききました。

「そうでもない。にんぎょうならいっぱいもってるもの。あたし、ママがもってるような、金色《きんいろ》の指《シン》ぬき《ブル》がほしい」

ふたりが係員《かかりいん》に売《う》り場《ば》をたずねると、「左手《ひだりて》の三列目《さんれつめ》のつうろにございます」と、おしえてくれました。

指《シン》ぬき《ブル》の売《う》り場《ば》へいくとちゅう、ふたりは、野球《やきゅう》のバット売《う》り場《ば》のまえをとおりかかりました。黄色《きいろ》いバット、茶色《ちゃいろ》いバット、ピカピカしたバット、サイズもすべてそろっていました。

「ああ、このM《エム》サイズのバットがほしいなぁ！」と、リッキーがいいました。

「こんないいバットをつかえたら、毎打席《まいだせき》ホームランだよ！　でも、お金《かね》がないからね……」

「お客《きゃく》さまは、お目《め》が高《たか》いですね」

そのとき、リッキーよりもちょっと大《おお》きな男《おとこ》の子《こ》の店員《てんいん》さんが、はなしかけてきました。

「いいバットでございましょう？　こちらは、一本一本《いっぽんいっぽん》ていねいにけずられた手《て》づくり品《ひん》でして、すべてにおいてバランスのとれた逸品《いっぴん》です。よろしければ、さしあげますよ」

リッキーは、さしだされたバットをつきかえしました。

「そりゃほしいけど、お金《かね》をもってないんです」と、リッキーはいいました。

「お金《かね》？」店員《てんいん》さんは、ふしぎそうな顔《かお》でいいました。「お客《きゃく》さまがほんとうにこのバットがほしいのなら、お金《かね》をはらうひつようはありません。むしろ、わたしたちが、バットといっしょにお金《かね》をさしあげるんですから。たとえばこのバット、ほら、値札《ねふだ》がついていますでしょう？　一《いち》ドル五十《ごじっ》セントとあります。ですので、バットと一《いち》ドル五十《ごじっ》セントをおうけとりください」

「え？　バットだけじゃなくて、お金《かね》もくれるの？」

「もちろん。さかさ町《まち》の人《ひと》たちは、いいものをつくったり、そだてたりするこ

とが、人生《じんせい》において、なによりのよろこびなのです。ですから、このバットをつくった職人《しょくにん》は、バットをつくることを愛《あい》してやみません。もし、このバットがここにずっとのこっていたら、つまり、あなたがもっていってくれなかったら、バット職人《しょくにん》は、新《あたら》しいバットを、いつまでたってもつくれないのです。バット職人《しょくにん》は、ここにバットをおいてもらうために、わたしたちにお金《かね》をはらっています。そして、わたしたちがそのお金《かね》を、バットといっしょにお客《きゃく》さんにおし

はらいするのです。そうすれば、みんなしあわせでしょう?」

「でも、バットをつくって、お店《みせ》にならべるためにお金《かね》まではらったら、その職人《しょくにん》さんは、どうやってくらしていくの?」と、リッキーがききました。

「なにも問題《もんだい》ありません。もしその人《ひと》が、くつがほしかったり、パンがほしかったり、そのほかなんでもほしいものがあれば、ここ、アンストアーにくればいいだけです。くつやパンをもってかえって、わたしたちがその代金《だいきん》もはらうのですから。そうすれば、くつをつくる人《ひと》も、パンをつくる人《ひと》も、しあわせでしょう? そして、バットの職人《しょくにん》さんはまた、バットをつくり、どうじにお金《かね》をはらえるというわけです」

リッキーは、しばらくかんがえこんでしまいました。

「じゃあ」と、リッキーはいいました。「もし、だらしない人《ひと》がいて、アンストアーで、ものをもらうだけもらって、はたらかない人《ひと》がいたら?」

「あなたの町《まち》で、ものをぬすんだり、ぼうりょくをふるったりする人《ひと》と、いっしょです」と、店員《てんいん》さんはいいました。「そんな人《ひと》は、ろうやにいれられ、ばつをうけますね？　ここでもそうで、社会《しゃかい》になにも役《やく》だつことをしない人《ひと》は、おもいばつをうけます。さかさ町《まち》の人《ひと》は、そんなばつをうけたくないのです」

「お兄《にい》ちゃん」と、アンはいいました。「はなしはもういいわ。とにかくバットとお金《かね》をもらっておきましょうよ。あたし、はやく指《シ》ぬ《ン》き《ブ》が《ル》見《み》たいの」

店員《てんいん》さんは、バットと一《いち》ドル札一《さついち》まい、それと二十五《にじゅうご》セント硬貨《こうか》を二《に》まいくれました。

「どうもありがとうございました。できるだけはやくバットをつかいふるして、またきてくださいね」と、店員《てんいん》さんはいいました。

10 懐中消灯《かいちゅうしょうとう》

リッキーが、すんなりとバットをうけとってしまうと、アンは、指ぬき《シンブル》を見《み》つけに三列目《さんれつめ》のつうろへ走《はし》っていきました。指《ゆび》ぬきはふつう、中指《なかゆび》にかぶせてつかいますが、さかさ町《まち》の指ぬき《シンブル》はどれも親指用《おやゆびよう》で、たなには、〈親指ぬき《サンブル》〉と書《か》いてありました。

アンは、じぶんの親指《おやゆび》にぴったりの親指ぬき《サンブル》を見《み》つけました。近《ちか》くにいた女《おんな》の子《こ》の店員《てんいん》さんが、よろこんで親指ぬき《サンブル》と、五十《ごじっ》セントをくれました。

「お客《きゃく》さま」と、女《おんな》の子《こ》の店員《てんいん》さんはいいました。

「もしよろしかったら、さかさ町《まち》のおみやげコーナーもごらんになりませんか？ふつうのお店《みせ》にはないものがございますよ」

「ええ、ぜひ」と、アンがいいました。

「おじいちゃんへのおみやげになるかもね」と、リッキーもいいました。

ふたりは、おみやげコーナーにいきました。見《み》たところ、どれもふつうのものばかりでした。リッキーは、近《ちか》くにあった茶色《ちゃいろ》いチューブのようなものを手《て》にとりました。

「こちらはですね」と、おみやげ売《う》り場《ば》の女《おんな》の子《こ》の店員《てんいん》さんがはなしかけてきました。「〈ドンボ〉というものです。よその町《まち》では、ボンドとよばれていますが、もちろん、さかさ町《まち》なので、ぎゃくによんでいます。ボンドは、なにかとなにかをくっつけますが、ドンボは、はなすものです。とってもべんりなんですよ。たとえば、きつくしまったビンのふたをあけたいときとか、さびついたネジをまわしたいときとか、まちがってはってしまった切手《きって》をはがしたいときとか、たてつけがわるくなった、まどやタンスをあけたいときとかに、ドンボは、きっとお役《やく》にたちます」

「へえ、すごい」と、アンがいいました。「でも、おじいちゃんへのおみやげになるようなものって、ありますか?」

店員《てんいん》さんは、ちょっとかんがえました。

「そうだ、いいものがあります」店員《てんいん》さんはそういって、さきっぽにガラスのついた、黒《くろ》いつつのようなものをとりあげました。

「懐中電灯《かいちゅうでんとう》?」と、アンがききました。「それならきっと、おじいちゃんも、もってるわ」

「いえ、ちがいます。これは、懐中電灯《かいちゅうでんとう》ではなく、〈懐中消灯《かいちゅうしょうとう》〉です」

「懐中消灯《かいちゅうしょうとう》?」

「そう。商品《しょうひん》の名《な》まえそのままです。懐中電灯《かいちゅうでんとう》は、光《ひかり》をあててあかるくするものですが、この懐中消灯《かいちゅうしょうとう》は、くらくするんです。たとえば、もしあなたが友《とも》だち

とへやにいるとき、なにかの理由《りゆう》で、じぶんのすがたを見《み》えなくしたいとおもったら——そういうことって、けっこうありますでしょ？——この懐中消灯《かいちゅうしょうとう》をつけてください。そしたら、あなたのまわりだけがくらくなるのです。ですから、もしおじいさんが、あかるいポーチでおひるねをしたくなったら、この懐中《かいちゅう》消灯《しょうとう》をつければ、ぐっすりやすめるってわけです」

「それいい！　ほしい！」と、アンがいいました。「おじいちゃんにぴったりね」

「では、懐中消灯《かいちゅうしょうとう》と一《いち》ドルをおうけとりください。懐中消灯《かいちゅうしょうとう》は、さかさ町《まち》のどの家庭《かてい》にもあるので、そんなに高《たか》い商品《しょうひん》ではないんですよ」

懐中消灯《かいちゅうしょうとう》をおくりもの用《よう》につつんでもらっていると、ホテルのチャーリーが走《はし》ってきました。

「ああ、よかった。ドレークさんのいったとおり、ここにいましたね」チャーリーは、ハアハアしながらいいました。「橋《はし》がなおって、汽車《きしゃ》が走《はし》れるようになりました。もうすぐ出発《しゅっぱつ》です。おふたりの荷物《にもつ》は、駅《えき》にとどけておきました」

リッキーは、バットをわきにかかえ、アンは、親指《サンブル》ぬきをつけていないほうの手《て》で懐中消灯《かいちゅうしょうとう》をもって、駅《えき》へ走《はし》っていきました。

「出発《しゅっぱつ》しまーす！　出発《しゅっぱつ》でーす！」車《しゃ》しょうさんが駅《えき》でさけんでいました。

ふたりがとびのって席《せき》についたとたん、汽車《きしゃ》はうごきだしました。もちろん、うしろむきに。ふたりはやっと、おじいちゃんのいるランカスター駅《えき》へ出発《しゅっぱつ》したのです。

いよいよ汽車《きしゃ》が駅《えき》からはなれだしたとき、ふたりは、たのしかったさかさ町《まち》をもういちど見《み》ておこうと、まどにはなをおしつけて外《そと》をながめました。

ところが、あたりはまっくらで、なにも見《み》えません。

「あ、お兄《にい》ちゃん、懐中消灯《かいちゅうしょうとう》がついちゃってる！」と、アンがいいました。

「ああ！」

リッキーのひじが、まどのところにおいた懐中消灯《かいちゅうしょうとう》にあたって、スイッチがはいっていたのです。

リッキーは、いそいでスイッチをきりました。すると、駅《えき》のかんばんが見《み》えました。

かんばんは、だんだんと遠《とお》ざかり、小《ちい》さくなっていきました。

だんだん、だんだん……

おしまい

訳者《やくしゃ》あとがき

すべてのことがさかさまの町《まち》があったら、どんなにたのしいでしょうね！　その町の文字《もじ》は、すべてさかさまに書《か》いてあり、家《いえ》もさかさまに建《た》っています。子《こ》どもがはたらいて、おとながあそび、お店《みせ》にいけば物《もの》をただでくれ、そのうえ、お金《かね》までくれるのです！　この本《ほん》は、そんなゆかいな町のお話《はなし》です。

ある日《ひ》、汽車《きしゃ》でおじいちゃんの家へむかっていた、リッキーとアンのきょうだいは、途中《とちゅう》、事故《じこ》にあってしまい、知《し》らない町で汽車をおりることになりました。その町の名前《なまえ》は「さかさ町」。その町では、すべてのことがさかさまだったのです。さいしょは、おどろきの連続《れんぞく》でしたが、リッキーとアンは、しだいにさかさ町のことがすきになっていきます。たった一《いち》日《にち》の滞在《たいざい》でしたが、ふたりは、いろいろな体験《たいけん》をするのでした——。

このお話、一見《いっけん》、ただのゆかいなほら話と思《おも》われるかもしれませんが、はたしてそれだけでしょうか？　子どもたちには、りくつぬきに「おもしろい！」と思ってもらえれば十分《じゅうぶん》ですが、おとなには、ときどき「むむっ」と考《かんが》えさせられるところがあるのです。例《たと》えば〈わすれよ科《か》〉。「人《ひと》からされたいやなことをわすれることができたら、世《よ》のなかの口《くち》げんかや争《あらそ》いがいかにすくなくなるか」という部分《ぶぶん》や、〈アンストアー〉の物々交換的《ぶつぶつこうかんてき》な発想《はっそう》、〝働《はたら》かざる者《もの》食うべからず〟といった社会《しゃかい》システムなど。私《わたし》は訳《やく》していて、ロシアの文豪《ぶんごう》レフ・トルストイの「イワンの馬鹿《ばか》」を思《おも》い起《お》こさずにはいられませんでした。

常識《じょうしき》と思われていることを疑《うたが》ってみる（さかさまに考えてみる）ことで、ものごとには、さまざまな見方《みかた》があることや、それまで見えなかったことが見えたりすることがある、ということをこの本は教《おし》えてくれます。

私たちのくらしが便利《べんり》で楽《らく》なほうへと進《すす》めば進むほど、失《うしな》われていくのは、立《た》ち止《ど》まって考えることです。世《よ》のなかの流《なが》れに身《み》をまかせていれば、なにも考えずにすみ楽《らく》です。しかし、一方《いっぽう》でそれは、さまざまな危《あや》うさをはらんでいます。自《みずか》ら考え行動《こうどう》する――この本の読《どく》者《しゃ》は、いつかそんなおとなになってほしいと、心《こころ》から願《ねが》っています。

二〇一五年十一月

小《こ》宮《みや》 由《ゆう》

フランク・エマーソン・アンドリュース(1902-1978)
アメリカ，ペンシルバニア州ランカスター生まれ．アメリカにおける財団や慈善事業の調査・研究で知られ，ラッセル・セージ財団，ニューヨークの財団センターなどに長年たずさわった．専門書のほかに，本書や“Numbers, Please”“Nobody Comes to Dinner”など，子ども向けの本も書いた．

ルイス・スロボドキン(1903-1975)
アメリカ，ニューヨーク州オールバニー生まれ．美術学校を卒業後，彫刻家として活躍．1941年，エスティス作『元気なモファットきょうだい』(岩波書店)の挿絵でデビュー．数多くの子どもの本を発表しつづけた．絵本『たくさんのお月さま』(コルデコット賞受賞　徳間書店)『てぶくろがいっぱい』(偕成社)，童話『ピーターサンドさんのねこ』(あすなろ書房)，挿絵『百まいのドレス』(岩波書店)『すえっ子Oちゃん』(フェリシモ)など．

小宮 由(1974-)
翻訳家．東京・阿佐ヶ谷で「このあの文庫」を主宰．おもな訳書に「テディ・ロビンソン」シリーズ，『ベッツィ・メイとこいぬ』『ピッグル・ウィッグルおばさんの農場』(以上，岩波書店)など．スロボドキン作品の翻訳に『やさしい大おとこ』『ルイージといじわるなへいたいさん』(以上，徳間書店)『おうさまのくつ』(瑞雲舎)がある．

さかさ町
F.エマーソン・アンドリュース作　ルイス・スロボドキン絵

2015年 12月 17日　第1刷発行
2016年 5月 6日　第3刷発行

訳　者　小宮《こみや》 由《ゆう》

発行者　岡本 厚

発行所　株式会社 岩波書店
〒101-8002 東京都千代田区一ツ橋 2-5-5
電話案内 03-5210-4000
http://www.iwanami.co.jp/

印刷・精興社　製本・三水舎

ISBN 978-4-00-116000-0　Printed in Japan
NDC 933　94 p.　22 cm

岩波書店の児童書

ベッツィ・メイと こいぬ
ベッツィ・メイと にんぎょう

イーニッド・ブライトン 作
ジョーン・G・トーマス 絵
小宮 由 訳

四六判 上製
●本体各 1200 円

自分でやってみるって、たのしい！　小さな女の子の日常は、笑ったり、泣いたり、怒ったりの冒険がいっぱいです。短いお話を９つずつ収めます。

ロングセラーの名作

百まいのドレス

エレナー・エスティス 作
ルイス・スロボドキン 絵
石井桃子 訳

まずしいワンダは毎日おなじ服を着ているのに、「あたし、ドレスを百まい持ってる」といいはります。クラスの子にからかわれたワンダは……。

A５判 上製 92 頁 ●本体 1600 円

定価は表示価格に消費税が加算されます．2016 年 3 月現在